황금기

황금기

1판 1쇄 발행 | 2018년 10월 5일

지은이 | 정춘근
발행인 | 이선우
펴낸곳 | 도서출판 선우미디어

　　　　등록 | 1997. 8. 7 제305-2014-000020
　　　　02643 서울시 동대문구 장한로12길 40, 101동 203호
　　　　☎ 2272-3351, 3352 팩스: 2272-5540
　　　　sunwoome@hanmail.net
　　　　Printed in Korea ⓒ 2018. 정춘근

값 13,000원

이 도서의 국립중앙도서관 출판예정도서목록(CIP)은 서지정보유통지원시스템
홈페이지(http://seoji.nl.go.kr)와
국가자료공동목록시스템(http://www.nl.go.kr/kolisnet)에서 이용하실 수
있습니다.(CIP제어번호: CIP2018031246)

ISBN 89-5658-586-4 03810

황금기

정춘근 여섯 번째 시집

선우미디어

발간사

여섯 번째 시집을 발간한다. 이번 시집은 신작시와 시집을 발간하다 보면 이런 저런 이유로 편집에서 밀려났던 글들을 같이 묶었다. 시대적으로 맞지 않는 부분이 있다면 독자들의 너그러운 이해를 구한다.

시집을 내는데 적극적인 도움을 준 문학 회원들과 흔쾌히 출판을 해 주신 선우미디어 이선우 대표님에게 감사를 드린다.

2018년 가을
시인 정춘근

차례

1부

황금기

새터 개구리

휴전선 철조망 사이로
시푸르딩딩 흐르는 한탄강

시뻘건 큰물이 들어
떠내려 온 북조선 개구리

풀 대공 밑에서
겨우 정신을 차리더니

어느새 우는 개구리 틈에 끼어
같이 노래를 부른다

한 박자도 틀리지 않고
조선 개구리 합창을 한다

* 새터 개구리는 탈북한 사람을 새터민이라고 부른 데서 따왔음.

식인종 할머니

1.

우리 마을에 사람을 잡아먹은 할머니가 있다.

2.

할머니는 아버지를 잡아먹으면서 고기 맛을 알았고 한다. 천황폐하 은덕으로 징용을 나가던 아버지는

"돈 많이 벌어올 게"

싸리문에 서 있는 할머니를 번쩍 안아들고 돼지비계 털 같은 볼을 비빌 때 훅~ 불었던 구수한 몸 냄새 할머니는 그걸 단숨에 마셨다. 그날 이후 아버지는 기력도 없이 돌아오지 않았다.

3.

할머니는 서방을 잡아먹다 들킨 것은 완전범죄가 되지 않았다. 결혼 세 달 만에 난데없이 터진 6·25 서방은 전쟁터로 나가기 전에 부엌에 앉아 불을 때던 할머니 손을 꼭 잡고(사람들은 할머니가 먼저 잡았다고 함)

"꼭 살아 돌아올 게"

톡~ 떨어트린 눈물이 앗 뜨겁게 손등에 떨어졌는데… 한 달도 되지 않아 전사 통지서가 날아 왔다. 시어머니는 그날부터 서방을 잡아먹은 년이라고 구박을 했는데 솔직히 할머니는 서방의 단물도 다 빼먹지 못했고 너무 억울했지만 울컥 입덧을 했다.

4.

그렇게 해서 유복자가 태어났는데 다시 월남에 간다고 했다. 죽어도 안 된다고 바짓가랑이를 잡고 늘어졌지만 아들은

"이기고 올 게요"

나가더니 반송된 편지처럼 사망 통지서가 날아 왔다. 다행히 시어머니 서방 잡아먹은 년을 유언으로 남기고 죽었지만 이번에 동네 사람들이 아들 잡아먹은 년이라고 손가락질을 해댄다.

5.

할머니는 여전히 배가 고픈지 빈 입을 쩍쩍 다시는 버릇이
있다. 하긴 사람을 잡아먹은 지 30년이 넘었으니 생각이 간절
한 것 같다. 날품일 하러 가서 받은 빵 한 개를 나에게 주면서
꼬시는 것을 보면… 물론 나는 뒤도 돌아보지 않고 도망간다.

마리아 할머니

언제부터인지 몰라도
말끝마다 말이야 붙여서
별명이 마리아인 할머니가 있었는데

그런데 말이야 하면
고향 평양 자랑이
대동강 물줄기처럼
끝없이 이어지고

또 그런데 말이야 하면
어김없이 교편 잡았던 아버지
얘기가 쉬지 않고 나오다가
꼭, 목이 메어 말끝을 흐리던

성당 앞을 지날 때면
뽀얀 성모상 보다

그 마리아 할머니 주름진 얼굴이
더 생각이 났었는데

그런데, 마리아 할머니는
고향 근처에는 가지도 못하고
뒷동산 공동묘지에 묻혔느냐

소이산 꼬마 밤나무

난리통이었지, 아버지 지게에 얹혀서 평강에서 피난 나오던 꼬마가 엄마가 준 밤 한 개를 꼭 쥐고 있었지. 마침 소이산 자락 아래, 폭격에 다 부서진 학교를 발견하고 잠시 쉬고 있었는데 갑자기 귀를 막아도 소름끼치는 총격전이 벌어졌었지

꼬마 가족들은 피난 짐 보따리를 다 팽개치고 소이산 그늘로 죽기 살기로 기어오르다가 그만 총싸움 중간에 딱 끼어 버렸네. 사흘 밤낮을 총질을 하는 가운데서 숨을 죽이고 있었는데 너무 배가 고픈 꼬마가 쥐고 있던 알밤을 까서 먹으려다 아이구 그만 놓쳐버렸네. 데구르 데구르 구르는 그것을 다시 꼭 잡으려는데 인기척에 놀란 군인들이 총을 탕탕탕… 꼬마는 그 자리에서 숨이 끊어졌었지, 그 아이가 꼭 쥐고 있던 밤이 싹이 터서 소이산 그늘 길에 큰 밤나무로 슬프게 서있는데 당초 주인이 꼬마라서 아주 작은 밤톨을 툭툭 떨어트리고 있는 중이네

가끔 밤나무가 가을바람을 빌어서 엄마를 찾는 소리 비스무리한 것이 들리거든 못들은 척 하고 가시게나

철조망 환갑잔치

전쟁이 끝난 것도 아니고
잠시 휴전이 60년 된 기념으로
흉가, 노동당사 마당에서
세계적인 음악회가 열렸는데

아무리 둘러봐도
그때 싸우던 병사들은 보이지 않고
전쟁이 쉴 참에 태어난
철조망 환갑잔치 같네

다시 생각해 보면
녹슨 가시 하나로
최첨단 무기로 한반도에서
갑자 세월을 버텼으니
축하 받을 경사 아닌가

이제라도
철조망 안에서
피둥피둥 살찌고 있다는
돼지 같은 이념의 배를 쫙 갈라서
통일 잔치를 할 생각은 없고

꿍짝꿍짝 족보에도 없는 환갑잔치에
손바닥이 깨져라 장단을 맞추고 있으니
철조망 백수는 무난할 것 같구나

색깔 논쟁

애초 근본도 모르는
뜨내기장사치를 믿은 것이 잘못이었다

흰 목련이라 철석같이 믿고
두 그루를 심으면서
온 세상이 흰 꽃으로 덮이기를 바랐는데
사람의 마음도 깨끗한 흰색이 되었으면 했는데

뿌리를 내리자마자
덜컥 올라온 꽃봉오리가 흰색과 붉은색

시절이 요상하게 변하는 봄이 오면
꽃구경 오는 할머니들이
자기 좋아하는 꽃 색깔이 좋다
싸움 직전까지 아슬아슬 논쟁을 벌인다

중국에 사는 딸
미국에 이민 간 아들까지 불러들여
한바탕 멱살잡이가 벌어질 기세가
정말 아슬아슬하다

그러나 황사바람 매운 화약바람에
꽃잎이 다 떨어지고 나면
치열하게 색깔 논쟁을 벌였던
할머니들이 목련 그늘 아래서
정답게 쉬고 있다

위대한 유산

이야기꾼 할머니는 내게
병 세 개를 물려 주셨다

무서운 호랑이가 나타나면
불바다가 되는 빨강 병
바다가 되는 파랑 병
가시덤불이 되는 노랑 병

아직 할아버지가 되지 않은 나는
깃발 세 개를 물려 줘야 할 것 같다

경계 경보 황색 깃발
공습 경보 적색 깃발
상황 해제 흰색 깃발

미안하다

아메리카 대륙을 철조망으로
꽁꽁 묶어 남겨주고 싶었는데
위대한 유산만 물려줘서

철조망 마녀

그녀는 철조망 안에 산다
남한과 북한을 친위대로 두고
미국 러시아 중국 일본을 외곽에 경비병으로 세우고
비무장지대 안에서 혼자 산다

지구상에 마지막으로 남은 마녀,
그녀의 호적 나이는 환갑이 넘었다

그때면 볼짱 다 본 나이인데 여전히 긴장시키는 팽팽함에 대해
일설에는 난리 통에 강을 이루던 꽃다운 청춘들 피로 목욕을 해서라고 하고
요즘도 철조망을 지키고 선 젊은 남자들과 밤새 질퍽하게 놀아서라고도 하고
그게 아니면 사격장에서 화약들이 용암으로 끓어 넘칠 때 불새처럼 다시 환생을 한다고도 한다.

진짜 무서운 것은 철조망 마녀가
양키 첩이라는 소문이다.

일출

휴전선 철조망 너머에서
밤을 같이 샌 병사야
고생이 많았다

블랙홀 같은 어둠 속에서 나는
너희를 기다리기도 한다
앞에 나타난 침투조를
일격에 처리해서
영웅이 되는 상상을 한다

그렇게 되면
카메라 플래시 축포 속에
꽃다발을 걸고 집에 돌아가
포상금으로 홀어머니를 편안히 모시고
유공자 직장과 예쁜 색시를 얻는
밤새 보초를 서는 이 시대 병사들의

공통된 대박을 상상한단다

이제,
지하갱도가 능구렁이처럼 휘감은 산자락에
기상나팔이 울리는 아침이다

막사로 돌아가기 전에
철조망 사이에서
같은 꿈으로 밤을 새운
우리들에게
받들어총이라도 하고 싶다

첫 면회

"아이고 이놈아 에미가 왔다"
"날품팔이 하던 에미가 헬리콥터를 타고 왔다"
"총을 버리고 나오면 모든 게 괜찮단다"
"중대장 밥을 훔쳐 먹고 탈영한 죄도 용서해 준단다"

반공 방첩 글씨가 선명한 스피커에서
긴가민가 그리운 엄마 말이 들리자
총알구멍이 난 양철대문이 반쯤 열리고
인질에서 풀려난 임산부가
개처럼 낮은 포복으로 기어 나왔다

다시 엄마의 서글픈 재촉에
맑은 눈물이 그렁그렁한
키 작은 이등병이 오냐오냐 나와
첫 면회가 이루어지려는 순간

영화 포스터가 덕지덕지 붙은 골목에서
애타게 기다리던 전우들
검은 총이 불을 뿜고
슬픈 눈으로 엄마를 바라보며
사살 당한 병사를
가마니에 둘둘 말아 떠나는 것으로
온 동네를 흔들던 사흘간의
탈영 사건은 끝이 났지만

첫 면회조차 제대로 못한 에미는
때에 쩌든 낡은 치마를 쭉 찢어
땅에 흥건한 피를 닦고 있었다

황금기

어느 박물관에서 옛날 삐라 한 장을
오십만 원에 산다는 이야기에
나는 일생에 몇 번 온다는
기회를 놓쳤음에 가슴을 친다

바보같이 정말 바보같이
오십만 원짜리인 줄도 모르고
경찰서에서 싸구려 연필과 바꾸었다

사리분별 떨어지는
우리들이 가져온 삐라를
학용품과 바꾸어 주던
경찰은 지금쯤 재벌이 되어 있겠구나

아무리 생각을 해도
국민학교 가는 길에

오십만 원짜리 삐라들이 펼쳐져 있던
그 시절이 인생의 황금기였다

길

결석 통증을 참으며
포천 병원으로 가던 길에서
아버지와 마지막 동행을 떠올리네

복수가 찬 몸으로 차에 앉자마자
짧은, 마흔 생의 마지막 길이었음을 안 아버지
무서워서, 너무 무서워서
장남인 내 손을 꼭 잡았었는데

철부지 사춘기였던 나는
얼음장 같은 손이 싫어
잔소리로 들리는 유언이 듣기 싫어서
슬쩍 손목을 빼려고 하면
그때마다 아버지는 모질게 잡고 있었지

그렇게 차를 타고 가다가

나와 눈길이 마주치자
아버지는 죄인처럼 고개를 돌렸지만
언뜻, 움푹 패인 눈 속에 흐르던
슬픈 남자의 눈물을 보고 말았지

정말, 철딱서니 없던 나는
주머니에서 꼭 쥐고 있던 손수건을
드릴까 망설이다
끝끝내 건네지 못하고
눈을 감지 못한
아버지 마지막 눈물을 닦았었네

꼭, 다시 그 길을 가는데
좁쌀만한 결석이 찌르는
통증은 견딜만 하지만
비쩍 마른 흰 손등에
푸른 힘줄이 무섭던 아버지 그 손을
두 손으로 꼭 잡아 보고 싶은
참을 수 없는 간절함에
눈만 찌르르해진다.

분단 포고문

1. 소련군 포고문

『조선인민들이여, 조선은 자유로이 되었다. 행복은 여러분들의 수중에 있다. 여러분들은 자유와 독립을 찾았다. 이제부터는 모든 것이 여러분에게 달렸다. 소련군은 조선인민이 자유롭게 창조적 노력에 착수할 만한 모든 조건을 만들어 주었다. 조선인민 스스로가 반드시 자기의 행복을 창조하는 자가 되어야 할 것이다』

2. 미군 포고문

『본관 휘하의 전승군(戰勝軍)은 금일부터 38도선 이남의 조선을 점령한다. 본관은 본관에게 부여된 권한을 가지고, 그것에 따라 북위 38도선 이남 지역과 동지의 인민에 대해 군정을 실시한다. 공공단체 또는 기타 명예직원과 고용인, 공공 사업

에 종사하는 직원과 고용인, 기타 제반 중요한 직업에 종사하는
자는 별명이 있을 때까지 종래의 직무에 종사할 것. 점령군에
대하여 반항운동을 하거나 또는 질서 보안을 교란하는 행위를
하는 자는 용서 없이 엄벌에 처함. 군정기간 중 영어를 모든
목적에 공용어로 함』

　　1번 놈은 알랑방구 뀌는 사기꾼이고
　　2번 놈은 우격다짐하는 날강도네

　　반도를 토막 낸 것보다
　　밑줄 쫙 그은 것처럼
　　2번 놈이 왜놈 앞잡이들을 몽땅 살려줘
　　친일파 공화국 만든 것이 더 문제다

이영애씨와 라면을 먹는 밤

흔한 개다리소반도 없어
묵은 신문지를 펼쳐 놓고
곰곰한 김치 한 가지로
라면을 끓여 먹는 밤

울컥, 이게 삶인가
고개를 숙이는데
국물 얼룩덜룩한 신문 속에서
대장금 이영애씨가
그 산소 같은 깊은 미소로
나를 다정스럽게 바라본다

알까?
당신이 시집간다는 뉴스에
도둑 심보인 세상 남자들이
밥맛을 잃었다는 것을

그건 과거 이야기이고
비록 신문 광고이지만
대장금 이영애씨와 깊은 눈을 맞춰가며
나는 라면을 황홀하게 먹을 뿐이다

더러운 눈물

일본 총리 부인이
홀로코스트 현장에 가시
눈물을 흘리는 뉴스 사진을 보면서
나는 의문이 생겼다

우리에게 저지른 범죄는
모르쇠로 버티면서
독일에서 흘리는
눈물이 진짜일까

혹시 연기자들이
어거지 눈물을 짜낼 때 쓰는 약을
손등에 슬쩍 바르고 간 것은 아닐까

¥ ¥ ¥ 날파리가
가미가제 특공대처럼

뻔뻔한 눈동자를 향해
자살 폭격한 것은 아닐까

수상 부인의 눈물을 받아다
731 마루타 부대에
진짜인지 의뢰하고 싶다

노인 천국

여든, 할망구가 일을 할 수 있는
나리는 복지국가이다

갯벌에서 조개를 줍듯
거리에 신선한 빈 상자를
영업용 유모차에 실으면 되는

출근도 퇴근도 자유로운
실직도 감원도 없어
온 나라 노인들에게
선택의 여지가 없는 신이 내린 직장

4대 보험이 아쉽지만
오르지 당일치기
맞전치기 개인 사업자

통계로 보면
노인 취업률이 세계에서
최고 높을 것 같은
박스 배달 민족, 우리 대한민국

시민권을 주세요

강보에 싸여 있을 때는
원조 받은 미제 분유를 먹었지요

초등학생 시절 점심은
원조 받은 미국 옥수수 빵으로
때워야 했지요

중고등학교 때는
모국어보다 영어를
더 지독하게 사랑했지요

대학시절에도
팝송 가락에 청춘을
다 태워 버렸지요

9·11테러에 큰집이 변을 당한 것처럼
호들갑을 떠는 TV와
석유 도적질 전쟁을 벌였을 때
우리는 망을 보는 심정으로
속보를 지켜봤지요

이 정도면 미국 시민권 받을만하지 않나요
내 친구 吳영만과의 항렬이 궁금한

吳바마 氏

구제역 2

갑자기 오한이 나고
다리가 풀려 힘이 없다

혹시,
양말을 벗고 뒤꿈치를 보니
무좀으로 두 개로 갈라져 있다

흔해 빠진 구제역 균이
갈라진 발을 보고 파고 들었나
아니면 소 돼지 같은 마음에
재빨리 스며들었나

자칫,
그 시절처럼
생매장 날벼락 맞겠다

직립보행을 해야겠다

웃기는 짜장면이 먹고 싶다

정말정말 정말로 웃기는 짜장면을 먹고 싶다

잘난 놈 못난 놈 덜떨어진 놈 그리운 사람 보기 싫은 사람
다 불러 놓고 짜장에 스파게티와 냉면을 섞어 죽도 밥도 개밥도
돼지 밥도 아닌 웃기는 짜장면을 먹고 싶다

단무지 대신 백년 묵어 곰곰한 군내조차 나지 않는 동치미
무 조각 숭숭 썰어 반찬 삼아 파하하하 웃기는 짜장면을 먹고
싶다

개똥밭에서 뒹구는 놈들끼리 퍼질러 앉아 잘난 놈들 고소하
게 씹는 재미로 못난 놈 상처에다 묵은 소금 팍팍 치는 이야기
를 하다가 파하하하 터지는 웃음에 내 몸 속 묵은 콩나물 대가
리까지 튀어나오게 하는 눈물 나고 웃기는 짜장면을 먹고 싶다

그 꼬락서니를 촬영하는 사진기에다 파하하하 웃어버려 사
진에 팅팅 붇은 면발 한 가닥만 나오게 할 수 있는 정말정말
정말로 웃기는 짜장면을 먹고 싶다

노란비

정류장에서 버스를 기다리던 할망구 소태중은 누구나 있는 병, 꾹 참고 의자에 털썩 앉았는데 어제 내린 비로 엉덩이부터 축축 젖어 왔네

아이구야 차가운 것이 바람 빠진 풍선 같은 엉덩이를 찌르자 그만 주책맞게 오줌이 찔!!!끔 속옷이 다 젖어삐렸네

남사스러워 벌떡 일어서며 남 들으라고 비에 젖은 의자에 앉았다 겸연쩍은 푸념을 풀어 놓는데 그러면, 지린내 슬쩍 피하겠지만 칙칙한 노란색은 어찌 하누

그날 노란비가 내렸다는 뉴스가 있었을 듯도 한데……

2부

비무장지대

비무장지대-굿마당

허어 이 땅이 뉘땅이냐
어허 이 땅이 뉘땅이냐
어느 놈이 해동조선
허리를 끊어놓고
철조망을 쳐났느냐
아이고 발이 찔려 못 가겠네
데이고 손이 찔려 못 가겠네
그놈들 天罰을 내리기 전에는
억울해서 못 가겠네
그놈들 神罰을 내리기 전에는
원통해서 못 가겠네

여기저기 귀신 투성이
저기여기 원한 투성이
밤이고 낮이고 통곡소리
귓속에 염장질 해대고

낮이고 밤이고 한숨소리
억장가슴 무너진다
좌익 귀신 우익 귀신
보수 귀신 진보 귀신
패거리를 이루어 치고
떼거지를 지어 박고
머리끄댕이 쥐어뜯고
멱살 흔들어 틀어쥐고
진창 개골창 바닥에
반백 년을 뒹굴어도
이긴 놈 진 놈 없고
만신창이 몸뚱이에
웬수殺만 남았구나

풀어보세 풀어보세
구천을 떠도는 귀신

황천을 맴도는 거신
빠짐없이 불러내어
두 손을 싹싹 빌며
달래殺은 달래주고
얼릴殺은 얼러서
왕생극락 열반세계
모셔놓고 풀어보세

하늘에는 비행기 귀신
땅에는 탱크 귀신
땅속에는 땅굴 귀신
봉우리에는 지오피 귀신
계곡에는 토치카 귀신
길목에는 철조망 귀신
벌판에는 지뢰밭 귀신
소총 귀신 기관총 귀신

대포 귀신 미사일 귀신
염병 지랄 발광 떨지 말고
주저 없이 다 나오고

저기 죽어 자빠진 낙타고지 귀신
저기 문드러진 아이스크림 고지 귀신
저기 벌렁 누워있는 백마고지 귀신
저기 월정역에 너덜너덜 철마 귀신
저기 구멍 숭숭 뚫린 노동당사 귀신
여기 땅에 붙은 땅 귀신
여기 나무에 붙은 나무 귀신
여기 돌에 붙은 돌 귀신
여기 물에 붙은 물 귀신
여기 바람에 붙은 바람 귀신
비겁하게 숨지 말고
껑충껑충 뛰어 나오고

난리 통에 굶어 죽은 걸신 귀신
난리 통에 서방 잃은 과부 귀신
난리 통에 여편네 잃은 홀아비 귀신
난리 통에 시집 못간 처녀 귀신
난리 통에 장가 못간 몽달 귀신
난리 통에 폭격 맞은 객사 귀신
난리 통에 총살당한 반동 귀신
난리 통에 싸우다 죽은 애국 귀신
원한일랑 피난 보따리에 싸서
이고 지고 떼 지어 나와서

남과 북 원수殺은
서리 서리 사랑殺로 풀어내고
철조망에 막힌 분단殺은
신명나는 통일殺로 풀어내서
호시탐탐 감 놔라 배 놔라

간섭 참견 협박 공갈
외세 귀신 서양 귀신
몰아내고 쫓아내고

이 땅을 사바정토 옥토
반석으로 다지고 또 다져
얼씨구 광명세상
절씨구 홍익세상
만들고 가꾸어 보세
얼쑤 지화자 좋다
얼럴럴 상사디야

겨울 전선

밤새 눈이 내려
형제가 한 이불을 덮고 자는 듯
비무장지대 산과 들이 다정한 새벽

솔가지 눈이 툭 떨어지자
잠자던 고라니 뛰어 달아난다
놀란 초병 총이 불을 뿜는다
휴전선 모든 화기 안전장치가 풀린다
흰 위장망 속에 대포 사거리가 맞춰진다
전폭기 시동이 걸린다
핵미사일 카운트다운이 시작된다
미국방성 컴퓨터가 손익을 계산한다
아직은 분단 상태가 이득이다
단지, 고라니였다는 급전을 한국에 보낸다
철컥~ 사격이 멈춘다

아늑한 아침이 온다

백마고지

아들아
군용 트럭을 타고
전선으로 가던
네 모습은 왕자였지

애비는
전사 통지서 받은 적 없고
백마고지 아래
망배단 돌판에도
네 이름 없어 기쁘구나

떨리는 손길로
망배단 천근 만근 종을
애비 이름으로
치고 또 치니

녹슨 철조망 아래
서러운 갈대밭에서
아부지하고 일어서면

너를 업은 애비는
백발을 날리며
한달음에 고향으로 달려가리라

경계선의 봄

퇴각하는 겨울
추격하는 봄

흰 눈이 빨치산처럼 남은 산
능선 아래
한나절 총소리
잔설이 하나도 보이지 않는다

봄 공화국이 들어섰다

검은 독수리

일주일 전에
미군들이 야영 훈련하던
계곡을 검은 독수리들이
맴돌고 있다

날개를 펼친
검은 반경 아래 있을
식은 고깃덩어리

산그늘 깊은
쌍과부 집 새댁이
일주일째 돌아오지 않았다

껍데기

풀을 뽑는
감자밭 고랑에
머리를 내민 폭탄 하나

덜컹 내려앉는 가슴으로
조심조심 파서 보니
알맹이도 없는
폭탄 껍데기였네
빈 껍데기였네

멀리 들판 가운에
머리를 내민 휴전선 철책
저것도 껍데기인지 모르겠네
헛 껍데기인지도 모르겠네

수복지구

– 휴전선 파리 떼

아무나 갈 수 없는 민통선 안에
아버지가 개간한 논에서 일을 하다
새참이라도 먹으려면
파리 떼들이 모여 든다네
이때마다 어머니는 난리 통에
원통하게 죽은 사람들이
파리가 된 것이라면서
식은 밥덩이를 논두렁에 던져 놓으면
새까맣게 몰려드는 파리 떼
사람이 파리 목숨보다 못하던 시절
이 들판에 땅이고 집이고 뒤집어졌는데
파리들은 어디서 알을 까고 나온 것일까
이 들판에서 묵은 냄새 나는 것은
똥덩어리 같은 이념뿐인데

수복지구

- 발목 타령

철새들아 철새들아
갈대밭에 앉지마라
소꼴베던 내젊은날
풀밭에서 읽어버린
내발목을 찾지못해
오는세월 가는청춘
절며절며 보내나니

사람들아 사람들아
논두렁에 오지마라
묵정밭을 일구다가
잃어버린 내발목을
피눈물로 씻어내던
한탄강물 이가슴에
청청하게 흐르나니

43번 국도에서

충성!
잠시 검문이 있겠습니다
사상이 의심스러운 자는
무죄 증명하시기 바랍니다

이제부터 광이 나는 군홧발로
당신의 우익 사상을 확인하기 위해
밟아 보겠습니다
이것저것도 아닌 회색분자들은
전문의 진단서를 제출하시면
그냥 건너뛰겠습니다

사지관절 마디마디 잊었던 부동자세를
기억해 내신 어제 쫄병들은
내무 검열 받던 기분을
마음껏 내시기 바랍니다

눈동자에서 자갈 굴러가는 소리 들리는
군기 빠진 예비역들은 눈을 감으십시오
그러면 그리운 동기를 만날 수 있고
재수 좋으면 고참이 남긴 짬밥을
음미할 기회도 드리겠습니다

제가 어깨를 건드리면 개목거리에
새겨졌던 군번을 복창하십시오
우물쭈물 하시면 비겁한 병역 기피자나
어디 부족한 면제자로 분류되오니
사격장 입구에서나 구보 길에서
악을 쓰던 군가라도 부르십시오
꽃 같은 청춘이 시들어 가던
통곡이라도 좋습니다

검문에 적극 협조해 주서서 감사합니다
가시는 목적지까지 안녕히 가십시오
충성!

신탄리 역에서

끝에서는
처음이 보이려나
끊길 철길에서
머리를 조아리는 할아버지

어머니에게
사나흘 안에
돌아오마 약조하고
반백 년 동안 돌아가지 못한
큰 죄를 비는 걸까

철조망 아래
모두 장기수로 사는 땅
바랜 사진 들고
목메어 우는 일쯤은
사사로운 죄겠지만

마음속에서
버선발로 달려 나오는
어머니를 뿌리치고
막차를 타는 할아버지

죄가 더 무거워진다

서쪽새

남쪽 아니면
북쪽뿐인 땅에서
불경스럽게 서쪽 서쪽 서쪽을 찾는
회색분자 새 한 마리

북쪽 대남 방송
남쪽 총소리 폿소리
으르렁 짖는
접경 마을 뒷산에
게릴라처럼 숨어들어
밤새도록 서쪽 서쪽만 찾는
아나키스트 새 한 마리

서쪽새 노래
한 계절 듣던 나는
남쪽, 북쪽도 아닌

회색분자로 세뇌되었다

3부

도깨비가 보고 싶다

도깨비가 보고 싶다

살찐 이무기가 간당간당 우는 밤
까치들이 설레발치던 당나무 아래
부리부리한 눈에
광대뼈가 툭 튀어나오고
산발한 머리로 옹조그리고 앉아 있던
무서운 도끼비가 보고 싶다

걸음동무 없는 사람에게
씨름을 하자고 떼거지를 쓰다가도
새벽닭이 울면 강그라져
바짓자락을 추릴 새도 없이
엉거주춤 줄행랑을 놓던
순진한 도깨비가 보고 싶다

무엇이든지 만든다는 방망이를
혹부리 영감 노랫가락과

휘딱 바꾸고 까치춤을 추던
어리숙한 도깨비가 보고 싶다

당굿이 없어진 지 오래인데도
댕댕이덩쿨 휘감은 당나무 아래로 가서
그리운 도깨비를 불러내어
씨름 한판 붙고 싶다

그리운 겨울

그 겨울 내내
미국에서 원조 받아야 할
밀가루 같은 눈보라가 몰아쳤다

멀건 흰 눈에 빠진 초가집은
보리수제비처럼 떠돌고
시래기죽이라도 양껏 먹는 것이 소원인
우리는 군용 담요를 뒤집어쓰고
그 시절 유행하던 노래를 불렀다
김○○ ○구멍을 발기발기 찢어서…

산길이 눈 속에 묻히자
아버지는 싸리나무 울타리를 뜯어
식어 빠진 방구들을 데어 주었고
굴뚝을 빠져 나온 연기에서는
고소한 줄콩 꼬투리 타는 냄새

쌉싸르한 여린 호박 잎 타는 냄새가 났다

산비탈을 기어 내려온 바람이
문고리를 흔들고 있는 밤에는
배곯은 승냥이 소리가
마마에 죽은 동생 울음처럼
처량하게 들렸다

입안이 얼얼하도록
고드름을 빨아 먹어도
배가 고팠던 우리는
세수하나 마나인 깜둥이 군인이
징그러운 미소를 희죽이며 던지는
헬로우 짭짭 초콜릿을 받아먹는
치욕스런 꿈을 꾸어야 했다

그 겨울에는
아랫목 귀퉁이에서
메주가 달큰한 냄새를 풍기며
들뜨고 있었다

특산물

물난리에
떠내려가는 것이
그 동네 특산물인데

한탄강 황톳물에
수없이 떠내려가는
발목지뢰도
특산물이겠지요

가끔 그물에 걸린
발목지뢰를
피라미처럼 끓여도
맛은 없다지만요

촌놈

잔가지를 쳐내도
내 뿌리는 촌놈이네

산에 나무들은 아랫목을 데워
내 따스한 뼈마디를 키웠고
강에 갈대를 되새김질 하던 소들은
내 정신을 살찌웠네

들에 지천으로 피고 지던
이름 모를 꽃들은 감성으로 남아
그렇게 애절하던
뻐꾸기, 소쩍새, 매미, 귀뚜라미…
울음소리에 엉겨 붙어
내 눈물의 근원이 되었네

지게를 지던 아버지는

보름달 같은 가장이었고
가을 황금벌판에서
흰 수건을 쓴 어머니는
지붕 위 박꽃보다 어여뻤네

밑둥치를 쳐내도
내 뿌리는 촌놈이네

꽃

삭정이로 보이는 나뭇가지에
일제히 입을 벌린 꽃들은
노래를 하는 걸까
구호를 외치는 것일까
소음에 길들여진 나는
작은 소리는 들을 수 없다

꽃을 들여다보면
뿌리까지 이어진 굴속에서는
겨울잠을 깬 박쥐같은
향기가 콧속에 둥지를 튼다

바람에는
꽃을 흔드는 손이 있다
참지 못하고 떨어지는 꽃잎들

이제는 세상 바람에
내가 떨어질 차례인가보다

새벽 닭

한 개에 오 원하는
인형 눈알 붙이는 할미와 손녀가
시린 무릎으로 맞는 새벽

할미 눈가에
이슬이 먼저 맺혀있고
별들이 희미해도
손녀 눈망울은 초롱초롱하다

아침 차에 실려
서울로 가는 인형들이
어느 골목에서
집나간 에미를 발견할지 모르지만

아이들이 버린
병아리 한 마리

지난봄부터
밥찌꺼기로 키웠더니
기특하게 첫 울음 목청을 높인다

쥐

우리 아버지
암으로 임종을 하던 밤에도
쥐들은 천정에서
신나게 뛰어 놀고 있었지

미키 마우스에
파 먹힌 내 기억 속에는
쥐 오줌 얼룩진
낡은 벽지들이 도배를 하고 있지

지금은 컴퓨터 마우스가
내 아들 뇌를 밤새워
갉아먹고 있지

어쩌면
내 운명의 끈을

흰 쥐 검은 쥐들이
거의 다 쏠았는지도 모르지

利子 1

월급은 산술급수
利子는 기하급수인 세상
공자 맹자 장자 떠들어도
이 시대 賢者는 利子다

돈 놓고 돈 먹기
명철한 사상 앞에
길 건너 다방
늘씬한 영자보다
利子가 나를 잠 못 들게 한다

본전 생각나는
내 결혼의 利子는
딸과 아들이지만
날마다 크는 것이 두렵다

원금마저 다 털리고
빈손으로 가는 날
남겨진 詩 몇 편으로
利子를 상계할 수 있을까

이자 2

이놈아!
세상을 살려거든 본전으로 살아라
애비는 일 년 농사 뼈 빠지게 져서
이자 돌려 매고 나면
시퍼렇게 남은 본전 등살에
평생을 살아도
이자 인생이여

네놈은 배울 만큼 배웠으니
본전 가지고 살아라
애비가 가르친 공부를 본전 삼아
이자나 치고 살아라

애초 글이라는 게 본전 빼먹는 짓거리여
밤새도록 등골 빠지게 써봤자
눈알 빠지게 써본들

어느 놈이 땡전 한 닢 갖다 주더냐

이자 반푼도 안 되는 글이나 쓰려거든
차라리 삽을 닦아 땅이나 파먹고 살아라
그까짓 글 나부랑이나 백날 써 봤자
이자를 치는 놈보다
허름하게 사는 거여
글이나 쓴다고 밤을 새워봐라
아침이면 시퍼런 이자 칼날이
네 눈구녕을 파고 들 테니
이놈아!

겨울 밤

벌써 일주일째 불이 켜지지 않은
처마에 고드름마저 섬뜩한 집에
이빨 다 빠진 할머니
난리 통에 서방을 잡아먹었다지
유복자도 월남에서 잡아먹었다지

소중한 사람 잡아먹던 시절 뒤에
혼자 사는 비쩍 마른 할머니만 남아
눈 쌓인 마당 발자국 하나 없고
흰 지붕은 배때기 드러낸 상어 같은데

동갑네 우리 할머니 누구 입히려
장롱 속에 흰 저고리, 치마
곱게 꺼내 놓았는지

공동묘지뿐인 뒷산에
희끗희끗 떨어지는 별

새벽에는 곡괭이 꺼내 놓아야겠네

크리스마스 이브 1999

세기말 어두컴컴한 하늘을 더듬어
썰매를 끌고 오는 꽃사슴은
향기로운 뿔을 보신용으로
거세당한 족속이 아닐까

선물 자루를 메고
동짓달 새벽 굴뚝을
기어 들어가야 하는 산타는
정리 해고된 아버지가
일당 5만원을 받고
나선 것을 아닐까

마굿간 같은 거리에
갓난 성자 탄생을 위해
도리도리 짝짜꿍 풍악이 울리면
무신론자인 나도 월셋방 대문에

탄저병에 쭈그러든 고추라도
내걸어야 하는 걸까

모든 것이 아득하던 시절
순전히 크림빵 때문에
구멍 난 양말을 기워 신고
칭얼대는 동생을 달래며
교회에 간 적이 있었다
그때 질투 나도록
축복을 받던 갓난아이는
언제쯤 세상을 구원할 수 있는 걸까

그 시절 할아버지가 들려주던
애기장수 전설처럼

조장(鳥葬)을 지내며

에헤이 떨렁 에헤이 떨렁
이제 가면 언제 오나
에헤이 떨렁 에헤이 떨렁
들판에 너를 버리고 왔다

침묵으로 눌린 땅 속에다 묻고
바람개비 비석을 세우고 싶었는데
하늘에서 가물가물 쏟아지는
철새들 배곯는 소리가 들리는 것 같아
허허 들판에 너를 놔두고
빈 지게만 덜렁 지고 왔다

평생 가슴을 도려내던 절망
끝을 알 수 없는 원죄의 뿌리를
부리가 뭉툭하도록 쪼아
뜨끔한 신경 한 매듭 남아있지 않고

악다문 이빨 사이에 감춘
눈물 한 방울마저 뜨겁게 들이켜고 나면
앙상히 떨고 있을 마알간 뼈마디를

슬퍼할 기회도 없이
진창 흙길에 남겨진 자들이
이승에 남겨진 허접한 추억을
맷돌로 뽀얗게 갈아
탯줄을 띄워 보냈던 강녘 끝머리에 서서
안개처럼 뿌려야 하는 것이
한 시대의 유행이라면

앙팡진 깃털 하나 남기고 간 철새는
퇴색한 사진틀에서 발버둥치거나
너를 태워낸 황톳불 아래
아작아작 구워지고 있을지 모르지만

우리들이 알고 있는 기억도
낡은 거미줄을 치고
감추어진 주름에 눈을 멀게 하는
나비 같은 세월 속에
소중한 것을 먼저 버리는 것이 순리라면
날개는 일제히 곡을 해야 하고
다리는 지상에 남겨진 인연을 박차고
새벽 같은 농부들을 매정히 조장시키는
우매한 족속 문명을 쪼아 먹으며
공허한 모래주머니를
다시 채워야 하리

알 껍질을 깨고 나온 신화는
아직도 누렇게 바랜 족보 안에서
수염을 쓰다듬고 있는데
철새들이 휭 하니 날아간 들판에서

조장당한 너의 머리카락으로 짜낸
망건을 쓰고 애달게 울어줄
이 시대의 상주를 기다리고 있다

어허이 달구 어허이 달구
어허이 달구 어허이 달구

꽃상여

눈물 나게 맑은 아침
질뚝발이 여든 살 할배가
평생친구 지팡이를
문간에 기대 놓고
빈 몸으로 살 듯 날 듯
꽃상여를 타고 간다

딸년 집에 쉬었다가랴
아들집에 묵었다가랴
나뭇짐 지고 쉬어 넘던
굽이굽이 산 고개를
설렁설렁 울렁울렁
한 달음에 넘어 간다

2.

요령 장단에 맞춰
선소리하는 李家야
내 평생 흘린 눈물에
슬픈 곡조 진절 넌절 머리나니
껄껄 웃으며 앞길을 가자꾸나

만장을 어깨에 메고
비틀비틀 걷는 朴家야
무거우면 버리고
공수래 공수거 빈 몸으로
휘적휘적 가자꾸나

3.

못난 사람 만나
지지리 고생바가지
삼베 적삼 서러운 할멈아
내가 가면 아주 가나
도솔천 건너에서
청사초롱 원앙금침
준비하고 있으렴세

한탄강-직탕폭포

돌아갈 수 없는 길이라면
당당하게 뛰어 내리자
곰보돌에 깨진 맑은 뇌수가
사방 물보라를 만들어도
고운 무지개를 피워내도

허방을 추락하는 찰나
번뇌는 백팔개의 조화를 부린다고 해도
저 폭포를 거슬러 올라 갈 수 없으리
손톱이 다 빠지도록 기어갈 수 없으니

다시, 그 시절로 돌아갈 수도 없으리

동두천 봉선화

미군 막사 그늘에 봉선화야
네 모양이 정말 처량하다

길고 긴 여름날
붉은 꽃 피어도
어이할 거나
긴 손가락 걸고 본토로 간
검둥이 소식 없고
양공주 순이 아랫배는
꽃 떨어진 봉선화마냥
점점 불러오는데

다시 길고 긴 여름날 오면
미군 막사 그늘에
봉선화 여전히 필 것이고
양공주 순이는

또 어떤 놈을 기다리고 있겠지

4부

장날

장날

시골 장바닥에 뒹군다고
싸구려 인생이 아니란다

달랑 만원에 팔리는 옷도
졸린 눈으로 미싱질 하던
가난한 우리 딸들이
눈물로 만든 진품이란다

평생 오일장을 떠도는
장돌뱅이 박 씨도
아들 딸 대학 시집보낸
알짜배기 인생이란다

싸꾸려 옷을 깎고 또 깎는
단골 깍쟁이 아주머니도
속꼬쟁이에 적금통장

서너 개 감추고 사는
진짜배기 인생이란다

시골 장터에는
도매금에 넘어가는
싸구려 인생은 없단다

금강

우리는 잊혀진 문명처럼
강물을 따라 흘러간다

아름아름 갈꽃 물그림자 숲에
강물을 바라보는 눈에 익은 사람
도시를 떠돌던 나인가
역사책에 이름조차 올리지 못한
금강변 갈대 같은 사람인가

큰 울음은 소리가 들리지 않는다
바닥에 가라앉은
백제 사금파리 조각
모래에 부딪치는 설움을 눌러 참으며
푸른 물이랑을 펼친 물결
향기 깊어 눈물 나는 설록차 밭 같다

입으로 전해지는 슬픈 전설이
이무기처럼 사는 금강을
휘감는 바람에는
찢겨진 깃발 펄럭이는 소리
남정네를 전쟁터로 보낸 아낙의
한숨이 들리는데
공산성에서 무심히 떠내려 오는 감잎 하나
당신 마지막 사랑 편지일까
파르르 떠는 물살이 창끝처럼 반짝인다

꺾어지고 휘어진 역사마냥
똑바로 흐르지 못하는 물굽이
사람이 사는 마을과
백제 혼이 사는 산을 맴돌아
깊어지는 수심의 한나절 뒤에
동학사 풍경소리 잦아지는 저녁

여울에 시린 발목을 담근
새들 부리에서 뚝뚝 떨어지는
물방울 시퍼렇기만 해도
계룡산 윗자락에
하늘로 간 사람들이
별빛으로 내려와
금강물에 맑은 정신을 씻는다

새벽 3

지쳐 잠든 삼남매
밥상에 짤막한 촛불 하나

아버지는 서울역 대합실에서
신문지를 깔고 뒤척이고

밤 화장 짙은 엄마
골목 여관 손님방을 두드리는 밤

떠돌이별 하나
새벽하늘을 찢는다

상엿집

중국 최고 부자 유언이
꽃상여 밖으로
손을 내놓는 것이었다지

망자를 가마에 태운 죄로
산 그림자 먼저 드는
음울한 상엿집

사랑을 가슴에 담은 죄로
밤의 그늘에서
글을 쓴다

꽃가마 탈 사람은 많아도
누가 내 詩를 읽을까

펜을 던지고 나면
빈손이 되는 밤.

밤안개

미이라처럼 안개를
휘감은 사람들
혼돈의 시대에는
피아가 구분되지 않는다

도로를 따라 흐르는
현탁액 강물
둥둥둥 떠내려가는 자동차

안개 속에 산소를 걸러 먹는
내 폐는 축축하게 젖고
가쁜 숨을 내뱉는
검은 입 속으로
흰 액체가 울컥 고여 든다

과거를 다 토하면
나는 점액질 속을 헤엄치던
한 마리 벌레일 뿐

그곳으로부터
너무 멀리 왔다

분식집 거울

너는 누구냐
늦은 밤 분식집 귀퉁이에 앉아
불어터진 라면을 허겁지겁 삼키다
거울 속에 낯선 남자를
발견하고 흠칫 놀라는 너는

울컥 목이 메어
젓가락을 내려놓는 나를
슬픈 눈으로 바라보는
너는 도대체 누구냐

낡은 지폐와
귀 떨어진 동전으로
라면 값을 치르는 나를
집요하게 쳐다보는
너는 정말 누구냐

갈 곳도 없으면서
비바람이 치는 거리를
우산 없이 나가는 나에게
눈길을 떼지 않는
거울 속에 중년 사내
너는 진짜 누구냐

탁발승

쇠락한 암자
부처가 내려온 듯
사무실 밖에서
목어를 두드리는 탁발승

머리 맞을 때마다
신음 소리는 내는 목어
해탈은 멀었겠지만
그 목어라도 고아 먹으면
욕심에 취해 비틀거리는
내 삶은 제대로 걸을 수 있을까

천원 시주에도
성불하라면
일억 정도면
부처가 될까

미륵이 될까

탁발승 돌아간 뒤에
사무실 거울 속에
아귀 한 놈 앉아 있다

잡종 보살

우리 집에
근본도 모르는 잡종 개를
삼 년이나 길렀는데요

날씨가 호랑이 콧바람보다 추워
풀어 놓았더니
며칠 안 보이지 뭐예요

그런데요
이웃에 혼자 사는 할배네 마당에
개 목걸이와 뼈다귀가 있는데
왈칵 눈물이 솟지 않겠어요

그놈이 신통방통하게도
아들놈 딸년들이 버린 노인에게
肉보시를 하였네요

한 삼 년 묶인 동안
철끈 수도를 해서
잡종 보살이 되었나 보네요

羊皮 가방

중년 남자가 사무실에 들어와
羊皮 가방을 열어 보일 때
실직한 잡상인으로 생각을 했었지
길 잃은 양을 찾는 전도사인 줄 모르고

나는 곰팡이 피는 사무실
벽에 갇혔을 뿐
길 잃은 것은 아니지만
무신론자인 내게 말씀은
양 귀에 성경 읽기 아닌가

한 마리 양을 찾아 나선
중년 남자는
내가 늑대라고 해도
양가죽을 씌워
백 마리를 채워야 하겠지

성경 광고지를
휴지통에 버리는 나는
쓰레기 소각장 같은
지옥 불구덩이로 떨어지겠지

중년 남자는 다시 양을 찾으러
더 큰 羊皮 가방을 들고 오겠지만
나는 도망칠 곳이 없네

단추 한 개

윗건물 전화국을
잘못 찾아 온 할아버지
그것도 옷깃을 스치는
인연이겠지

치아 다 빠져
오물거리는 입
턱에 흰 수염
계면쩍은 웃음
낯설지가 않네
전혀 낯설지가 않네

몇 번을 고개 숙이고
할아버지는 갔지만
사무실 바닥에
옷소매 단추 한 개

다음 세상에
당신이 잘못 찾아와도
옷소매만 보면
금방 알 수 있겠네

화강에서

흘러가는 것에 대해서
아쉬움을 갖지는 말자
제방 한켠에 숙부쟁이 꽃은
지금 가을 속으로 흘러들고 있다

지난여름 낚시 왔던 여울을
다시 찾아온 가을밤 나는
어디를 맴돌다 왔는가
정지되어 있는 것은 없다

오직 멈춰있고 싶은 욕망을 허우적이며
하염없이 흘러가고 있을 뿐
무심히 빛나는 야광찌 뒤
깊은 어둠 속에서 존재를 느끼지 못한 채
흘러가는 것은 얼마나 많은지

새벽이 오기 전에 별이 흘러가고
반쪽 달이 서편 산속으로 흘러들고 나면
나는 낚싯대를 접고
또 어디로 흘러가야 한다

거미줄에 걸려

전기요금전하요금수도요금보험료
대출금할부카드대금외상값세금에
줄줄이 뜯긴 월급 통장 잔고를
몇 번이고 확인하는 골목길

밤나무 가지 허공 미상번지에
당당한 집주인 거미가
전셋집에 사는 나를 내려다보고 있다

안다 찰나로 짜여진 촘촘한
인연에 묶인 채 꼼짝없이
알맹이를 파먹혀야 한다는 것을
몸부림칠 때마다 절망의 촉수들이
점점 조여 와 더 비참해진다는 것을

머리 위에는

고압선 전기선 전화선 유선…선
결국 세상이 통째로 걸려들었구나
나는 질긴 명줄에 대롱대롱 걸려 있고

불면

꿈으로 가는 길을
잊어버렸다 아주 오래 전에
어떻게 이 골목까지 쫓겨 왔는가 나는
길을 잘못 든 사람이 흘린 구두 소리를
집요하게 물어뜯는 개들의 성찬
너덜대도록 찢겨진 발자국을 끌고 가야 하는
색 바랜 양말 사이로 엄지발가락이
고개를 치미는 구멍 난 내 꿈

경계까지만 자라야 했다 나는
조금 더 가지를 뻗을 때마다
가차 없이 잘려 버린 옹이가 박힌
추억의 촉수 마디마디가 發光을 하는 밤
개나리 담장 위에서 자지러지게 웃는 하현달
종종 어깨를 부딪치면서도
이 골목을 떠나지 못하는 대추나무 밤나무

또 우리들

의지와 상관없는 새벽이 온다는
막막한 허기에 지친 사람이
벽 속에 검은 고양이를 꺼내
자기 지붕 위에서 맛나게 구워 먹고 있나 보다
선혈이 툭툭 튀는 사이렌 소리
창문을 다급히 두드리는 바람 소리
자지러지는 전화 소리

어디까지가 꿈인가

심장과 칼
– 故 이경해 님을 추모하면서

우리 살아있다ㄱ
말하지 말자
질긴 풀을 뽑던
투박한 손에 칼을 든
농부 심정을 알기 전에는

씨앗을 베고 굶어 죽었던
조선 농부의 아들이
이국땅에서 깨끗한
심장을 바친 날
싸늘한 칼끝에 찔린 것은
우리 농민의 심장,
세계 농민의 심장,
농민들 숨통을 옥죄던
모순 덩어리 제도 심장부를
내리치는 불벼락 칼이었다

하늘이 유난히 시퍼렇던 그 날
펄떡이는 심장소리에 놀란
조선의 들판 알곡들은
일제히 고개 숙여 경배를 올렸다

※ 고 이경해님은 WTO멕시코 협상 장소에 가서 할복을 함.

할미꽃

아카시아 향기 강물처럼
내 가슴에 넘치던 날
그늘이 점점 깊어 가는
아버지 모신 산에 올랐네

열일곱 소년의 마음으로
북에 두고 온 어머니를
그리워하던 우리 아버지
하늘나라에서 만난 증표일까
푸른 산소 옆에
꾸부정한 할미꽃 한 뿌리

다정하게 바라보는
우리 아버지 산소와
할미꽃 사이에 여름 햇살
눈에 따갑네

할미꽃 앞에
술 한 잔 가득 부어 놓네

산 그림자

삼베옷 입고
靑竹杖 짚으며
산비탈을 내려오던
열여섯 소년

몇 번을 돌아보며
산 그림자를
가슴에 담았답니다

수십 번
꽃이 피고
단풍 들어도
산 그림자는 깊어만 가고

바람에
세상이 꺾여도

산 그림자에 기대면
흔들리지도 않을 뿐

산 그림자는
소년 가슴에서
큰 산맥이 되었답니다

난파선

경운기 트랙터
지나간 자리만 남은
들판 끝에
빈 집

구멍 난 지붕 사이로
먹장 하늘
주저앉은 구들장
방에 뒹구는
농약 병 하나

가끔
이웃 이야기 속에
빈 집 가족들
고단한 도시 삶이
들리기도 하지만

밤이면
파도 같은 들바람이
문짝을 덜컹거려도
문고리를 채우고
불 밝힐 사람은
기다려도 오지 않는다

균열

냉이 몇 양재기 놓고
뒤적이는 할머니
주름진 손에
파고드는 봄바람을
잔기침으로 내뱉는다

수많은 사람들이
흙발로 오고가도
여전한 시장 바닥에 균열
그 틈으로 떨어지면
생의 바닥에 닿을까

건물 벽 빗금 속으로
저녁 햇살 파고드는
벌써 파장
다 팔지 못한

버석 마른 냉이 뿌리
할머니 가슴에 균열로 남는데

흙으로 만든 사물들
균열의 꽃가루인지
자욱한 황사가
시장 골목을 덮는다

43번 국도의 봄

덜컹이는 역사를 포장해 놓은
43번 국도에는
검은 바퀴들이 뼈다구와 살점을 발라내고
흥건한 피에 젖은
고양이 가죽으로 도배를 하고서야
봄이 온다

가죽 벗겨진 고양이들이
꿈속으로 기어드는 밤이면
43번 국도에 나가 귓바퀴 없는 고양이가
내뱉은 단말마 봄노래를 듣는다
검은 바퀴에 몸뚱이를 물컹 밟힌
고양이 눈동자는 병 조각에 섞여 퍼렇게 빛이 난다

어둠 속에서 빛이 나는 것은 절망들뿐이다
피 맛에 길들여진 검은 바퀴들이

날개를 달고 싶어 할 것이라는
뇌란스런 상상 위로
또 육중한 바퀴가 지나간다
새끼손가락을 걸고
길 중심을 따라 숨 가쁘게 떠나간 것들은
봄이 와도 돌아오지 않는다

언제부터인지 길 가장자리로 떨어진 나는
고양이 살점을 거름 삼아 자란
노란 민들레에 기대고 서서 봄을 맞는다

5부

자귀꽃

태극기

해는 일장기 속에서 떠올라
오성기 아래로 진다

별은 성조기 속에서 빛나고
소련 깃발에서 초생달 뜬다

분단된 태극 땅
4괘는 꼭 그놈들
검은 심보 같구나

운동회

아니다
아니다
너희들이 싸울 상대는
청군도 아니다
백군도 아니다

우리나라
남으로 가르고
북으로 갈라놓은
만국기 속에
그놈들이란다

눈꽃

함박눈 내리는 날
시장 귀퉁이서
파 몇 단 놓고 앉은
할머니 쪽머리에
활짝 핀 눈꽃이
너무 예뻐 눈물나네요

함박눈 쏟아지는 날
흔한 포장조차 없어
눈꽃이 마냥 떨어지는
떡볶이 좌판에서는
꽃향기가 나네요

저녁, 추석 전날

"다 안다 시댁에 내려오지 못하는 심정"

"전화 고맙다"

"봄에 논 한 배미 팔아 보낸 돈으로 아파트는 이사했니"

"근데 재작년에 봤던 손주놈은 잘 있냐"

핸드폰을 받는 할머니
빈 박스를 줍던 유모차에
오늘은 장난감 총이 있는데.

대화

아빠
보름달이
큰 치즈피자 같지

아빠는
노릇노릇한
녹두부침개 같은데

애야
달에는 토끼가 산단다

아빠
달에는 산소가 없어서
아무것도 못 살아

딸년이
보름달처럼
멀게만 느껴지는 밤에

소나기 3

천둥이 칠 때마다
밭고랑에서
먼지가 풀썩 난다

꼬부라진 깨 모종에
물을 주던 노파는
검은 구름이
아들 그림자보다 반가운데

자지러지는 청개구리 울음
손자 놈들 웃음소리보다
더 반가운데

비 몇 방울 뿌린
건들건들 마른 소나기는
들판 끝에다

무지개를 널어놓았을 뿐

이내 쏟아지는 햇살
며늘년 웃음처럼 얄밉다

담쟁이

사람들 사이에는 벽이 있다
두드려도 열리지 않는 벽이 있다
四方八方 갇힌 세상에서
문을 열어주는 이 없고
꽃 피워 바칠 당신마저 없다면
뱃가죽이 닳도록 기어
벽 너머 길을 찾아갈 수밖에

사람들 사이에는 담이 있다
마음을 닫아 놓은 담이 있다
담 안에 향나무가 잔가지를
허우적이며 천년을 기다려도
당신이 오지 않을 것이면
나는 기는 법부터 배워
언젠가는 일어서서
담장 너머 당신에게로 달려가고 싶을 뿐

조상자랑

술을 먹으면 쓸데없는
자랑 판이 벌어지는데
오늘은 조상 자랑을 한다

김가 놈은
칠칠치 못한 신라 왕족을 주워섬기고

이가 놈은
변변치 못한 조선 왕조를 들먹인다

그런데
내 친구 오가놈이

못바마

상황이 끝났다

방황

흙길을 덮어 포장했어도
덜컹이는 생을 끌고
이름 없는 암자를 찾아가는 봄날

바람 앞에 꽃잎보다
더 팔랑이는 삶의 자락을
단정히 여밀 희망 잃은 지 오래

툭 떨어진 붉은 꽃 잎새
영산홍이 아니듯
꿈을 잃은 나는
내가 아닐지 몰라

암자에서
내 마음 풍경소리로 듣는
산새의 노래

그 새도 이미 산등성이를
넘어갔는지도 몰라

자귀꽃

매미가 우는 것은
짝을 부르는
사랑 노래라지

투명한 날개에
세상을 흔드는 그리움 담겨 있어
하루 종일 불러도
목 메이지 않는 것이지

귀에 익은 노래있어
자귀나무 아래 서있는데
그 애절한 곡조 멈추고
나를 바라보는 매미는
어느 생의 연분이었을까

매미 날아간 자리
자귀꽃 너머 세상이 환하다

성장 소설 〈김노인의 죽음〉

1.

길고긴 여름해가 어린아이 궁둥이처럼 벌거벗은 금학산 뒤로 넘어 가고 있다. 그 아래 군부대에서는 저녁 훈련 나가는 병사들 구령 소리가 들린다. 두 개의 산이 마주보고 있는 사이로 사문안천이 흐르고 작은 동네가 있다. 동네라고는 하지만 판자촌 같이 추레하다. USA가 선명하게 찍힌 곽대기로 만든 대문, 금방이라도 폭삭 주저앉을 것 같은 초가지붕 사이로 서까래가 갈비뼈처럼 앙상하다. 저녁이라고 포탄 껍데기로 만든 굴뚝에서 피어오르는 흰 연기 마치 연막탄같이 으스름하다.

이곳에서는 마을 집집마다 부르는 이름이 있다. 팻국물 줄줄 흐르는 사람들끼리는 고향을 별호로 붙여서 평양집, 함흥집, 개성집, 전라도집, 경상도집… 조금 먹물이 들어 보이는 사람들에게는 김 씨, 이 씨, 박 씨… 이렇게 은근히 신분차별이 있다. 이렇게 말투가 달라도 살아가는 데는 지장이 없다. 저녁이면 사람들은 사문안천에 모인다. 약속이 있어서가 아니다. 마을에서 유일한 냇가이기 때문이다. 그 냇물에서 빨래를 하고 땟거리를 씻고 또 밤이면 돌을 막아서 목욕도 한다. 또 상류 쪽에 물을 퍼서 식수로 쓴다.

사문안천과 마을 사이에는 쑥대밭이 있다. 쉰 걸음정도 떨어진 곳에 제법 초가집 모습을 하고 흙 담장에 싸리로 엮은 대문이 있는 집이 한 채 있다. 그 집 주인은 김 씨이고 두 내외가 산다. 마을 사람들과 왕래를 하지 않아 잘 알 수 없지만 사투리를 안 쓰는 것을 봐서 사람들은 이남 사람으로 짐작을 하고 있다.

어느새 금학산에서 스멀스멀 기어 내려온 땅거미가 이 집 마당에 우두커니 서있다. 마침 김 씨 내외가 들어선다. 지금 그들은 약 이십 리 정도 떨어진 민통선에서 모내기를 마치고 오는 중이다. 어찌어찌해서 겨우 마련한 논 열 마지기, 그 옆에 밭이 두어 뙈기가 재산이다. 군복을 물들여 입은 옷에 땀과 흙이 묻어 있다. 삽을 어깨에 멘 노인은 예순이 될까 말까 뒤에 호미를 든 부인은 두어 살 어려 보인다.

"시장하시지요?"

"빨리 저녁 준비할 게요!"

부인이 미군 구호물자 판자를 뜯어서 만든 부엌문을 열고 들어간다. 얼핏 보이는 부엌에는 검은 솥이 걸린 아궁이, 그리고 옆에 참나무 삭정이를 묶어 놓은 것이 보인다. 그릇이라고는 군부대에서 흘러나온 항고(반합) 숟가락, 양재기가 전부이다. 김 씨 노인은 흙 담 옆에 심어 놓은 오이순을 둘러보고 있다.

"쯧쯧, 날씨가 이렇게 가물어서야."

군부대 기름통에 철사를 끼어 손잡이를 만든 양동이를 들고 사문안천으로 걸어간다. 희미하게 보이는 산의 형체들 금학산 끝에는 별빛이 비친다. 그 정적을 대남 대북 방송소리가 흔든다. 남쪽에서 틀은 스피커에서는 분위기에 맞지 않는 불협화음 같은 이미자의 섬마을선생님 노래가 들린다. 사문안천으로 가까이 가자 저녁물이 자갈에 부딪치는 소리가 차박차박 들린다. 그리고 빨래 가지를 헹구는 아낙들의 목소리가 점점 크게 들린다. 그 억양에 따라서 누가 있는지 대강 짐작이 간다. 평소 동네 일에 밝은 개성집이 이야기가 들린다.

"아이고, 글쎄! 일용이 아범이 묵쟁이를 개간하다가 폭풍지뢰를 밟았대요. 지금 금성의원에 있는데, 다리가 하나 잘려 나갔대요. 일용 엄마가 그렇게 말렸지만 땅이라도 한 평 더 늘려보겠다고…."

"그런 일이 어디 한두 번인가요 묵쟁이를 개간하면서 몸 성한 사람이 어디 있나요. 그저 팔자에 맡겨야지요."

이렇게 아낙들이 주고받는데 뒤에서 인기척이 난다. 함흥집이 보고

"할아버지, 모는 다 내셨어요?"

"응. 다 냈네. 가물어서 다 타죽을 것 같아."

물을 푸기 위해 양동이를 냇물에 담는다. 작은 버들치가 화들짝 놀라서 양동이를 툭 친다. 냇가 풀에서 개구리들이 하나둘 울기 시작한다.

"참, 일용이 아범이 폭풍지뢰에 다리가 하나 잘렸대요."

함흥집이 이야기를 하자 양동이 물을 채워 끙~ 하고 들던 김 씨 노인이

"젊은 사람이 살려고 애쓰더니 변을 당했네, 그 집 식구가 여섯이나 되는데…."

김 씨 노인은 물 양동이를 들고 어둠 속으로 사라진다. 아낙들도 빨래를 들고 각자 집으로 돌아가고 사문안천에는 개똥벌레들이 하나둘 날아든다.

2.

두 내외가 저녁상을 물리고 쌀 다섯 말을 주고 장만한 라디오를 틀었다. 찌이익~ 잡음 속에서 모기소리 만하게 연속극이 들린다. 김 씨 노인은 풍년초를 신문지에 말아서 UN상표 성냥을 그었다. 작은 호야불 아래서 붉게 보이는 얼굴에 깊은 주름… 그때 점잖은 목소리가 들린다.

"할아버님 계십니까?"

문창호지 대신 신문지를 덕지덕지 붙은 방문을 열자 여름 저녁 바람이 밀려와 호야불이 일렁인다. 문밖에는 약간 안면이 있는 읍사무소 박 주사가 서류 봉투를 들고 서있다.

"아니, 자네가 웬일인가?"

"예, 낮에는 전방에 가서 일을 하셔서 부득이 밤에 나왔습니다."

그의 표정이 약간 어둡다. 그리고 누런 봉투에서 서류를 꺼내며

"여기가 수복지구라, 새로 도민증을 만들어야 해서요."

"……."

"저 할아버님 고향이 어디세요?"

"음… 내 고향은 해당화가 곱게 피어 있는 명사십리가 유명한 원산일세, 거기에는 고래 등 같은 기와집과 쉰 마지가 넘는 논이 있지… 그리고 삼 형제와 딸이 있지, 두 부부가 서울 구경왔다가 고향에 못 가게 됐는데… 그 놈들이 얼마나 우리를 원망할까!"

혼잣말로 '어서 통일이 되어서….' 하면서 주름이 자글자글한 눈가를 타고 눈물이 비친다.

"그런데 왜 고향을 묻나?"

"예, 이번에 도민증을 발급하면서 이북이 고향인 사람들은

본적을 철원으로 고치라는 지시가 내려 와서요."

그 말을 듣는 순간 김 씨 노인 떨리는 손끝이 호야 불빛에서도 보인다. 부인은 남편이 화가 난 것을 직감하고 눈치를 살핀다.

"그건 경우가 안 맞는 소리네."

"아니, 왜 안 된다는 말입니까?"

"하여튼, 안 된다면 그런 줄 아세."

꽝 하고 닫는 문소리에 심심했던 개들이 하나 둘 짖는다. 박 주사는 이해를 할 수 없다. 사문안천에 돌다리 떠내려갔을 때 마을 사람들을 앞세워 고쳤고 철원읍 사무소에 주민 교육이 있을 때 이름을 써내는 글씨가 반듯해 은근히 존경을 하는 마음이 있었다. 수복지구에서는 식자층에 속한다고 믿었던 김 씨 노인의 행동은 뜻밖이다.

3.

수복지구의 밤은 안락하지 않다. 이름 모를 풀벌레 소리가 들리지만 밤이면 더 요란한 방송소리, 훈련 받는 폿소리 그리고 금학산 아래 군인부대에서 사문안천을 따라 이동하는 탱크와 트럭소리로 난장판이다. 거기에다가 하루도 빼놓지 않고 날리는 조명탄은 낮보다 더 번잡하다. 그래서 웃지 못하는 사연이 많다. 불과 며칠 전의 일이다. 철원국민학교에 선생님이 없다고 서울에서 자청해서 내려온 여선생 둘이 있었다. 동송 터미널에 온다는 소식을 듣고 교장이 나가서 맞아 들였다. 교장이라고 해봐야 육군 상사 출신으로 엉겁결에 자리를 앉게 됐지만… 뙤약볕에 전교생을 모아 놓고 새로 온 여선생을 소개했다. 고등학교 졸업만 해도 임시 선생을 하는 때라 정식 선생님이라는 말에 학생들은 뜨겁게 박수를 쳤다. 서울에서 온 여선생의 흰 얼굴, 꽃무늬 원피스는 사문안천 냇가에 노인 여자들에게는 큰 뉴스였다.

그 여선생들은 학교 관사에 짐을 풀었다. 그런데 그날 밤에도 훈련받는 각종 소리들이 유난을 떨었다. 마을 사람들은 자장가 삼아 잠을 잤지만 여선생들은 하얗게 밤을 지새운 모양이었다. 새벽에 택시를 불러서 짐을 챙겨 도망치듯 집으로 돌아갔다. 다음 날 교장 사모님이 아침을 먹으라고 부르러 갔다가 텅 빈 방을 발견하고 혀를 찼다고 한다.

새벽이 오는데 금학산 아래 부대에서 긴급 비상종이 땡땡땡 울린다. 포탄 껍데기로 만들어서 달아 놓은 종이 내는 소리가 요란한 것을 보니 큰일이 난 것이다. 군인들이 쭉 늘어서서 산으로 꼬물꼬물 올라간다. 사흘에 한 번씩 이런 사태가 벌어지는 것은 휴전선에 철책이 없기 때문이다. 조심조심 귓속말로는 인민군이 동송 시내에까지 와서 막걸리를 마시고 돌아갔다는 헛소문이 돌기도 한다. 산을 바라보는 김 씨 노인이 혼잣말로 '또 무장 공비가 내려 왔나 보네.' 하며 한숨을 쉰다.

4.

햇살이 퍼지자 아이들이 학교 가고 있다. 보자기에 책을 싸서 가는 아이들의 종아리가 아주 검게 탔다. 세수를 한 것 같지는 않고 버즘이 먹은 얼굴에 듬성듬성 헌디 딱지… 그 아이들이 재잘거리는 소리를 들으며 김 씨 노인 집에서는 아침을 먹고 있다. 같이 밥을 먹던 부인이 갑자기 생각이 난 듯

"저… 오늘 개성집하고 삽슬봉으로 가서 나물 좀 뜯으러 가려고 해요."

"거긴, 전방 지역으로 지뢰가 많다고 하는데…."

김 씨 노인은 꺼림칙하다는 말투로 받으면서 부인이 안 갔으면 하는 눈치다. 그러나 부인은 이미 약속이 된 것이라 부득이 가려는 생각이 역력하다. 또 뜯어 온 나물을 잘 말려 놓으면 겨울철 반찬으로 먹기에 좋다는 계산도 있는 듯하다. 김 씨 노인은 할 수 없다는 듯

"조심해서 다녀오시구려, 나는 운천장에 가서 삽과 낫을 사 올 테니."

김 씨 노인이 습관적으로 풍년초를 말고 있는데 멀리서 쩔렁쩔렁 소리가 난다. 보나마나 붙임성이 좋은 엿장사 한 씨 가윗소리다. 한 씨는 엿만 파는 것이 아니다. 나무판자 위에 무궁화가 그려진 빨랫비누, 팔각의 성냥곽, 담배를 말아 피울 수 있는 풍년초 등을 가지고 다닌다. 가격이 쏠쏠하게 나가는 물건은 지전으로 셈을 하기도 한다. 며칠에 한 번씩 동네를 찾아오는데 바로 오늘인 모양이다. 가윗 소리가 나는 쪽으로 마을 사람들이 모여 든다. 손에는 땅만 파면 나오는 M1탄피, 칼빈 총알, 박격포 껍데기 등의 고물을 들고 있다. 탄피 작은 것은 1원, 큰 것은 3원, 박격포도 3원 정도 받는다. 비누 한 장에 5원이니까 아낙네들도 밭일을 하다가 나오는 탄피를 모아서 바꾸기도 한다.

난리통 중심에 있었던 철원에는 불발탄들이 많다. 먹고 살기 위해 철원으로 몰려든 사람 중에는 농사는 젬병인 부류가 있다. 그들은 고물장사를 하는 경우가 많다. 처음에는 아이들이 가져오는 탄피, 박격포, 각종 쇠붙이를 싼 값에 사서 넘기는 중간상 비슷하게 장사를 했다. 시간이 흐르면서 박격포를 그냥 팔면 4원 정도 받는데 분해해서 팔면 8원이나 받을 수 있다는 것을 알게 된다. 문제는 박격포 똥구멍에 있는 뇌관이다. 꼭 군인 장교 놋쇠 단추만한데 잘못 건드리면 빵~ 하고 터지는데 잡은 손가락이 잘려 나간다. 그것만 떼어내면 곱장사가 되니 욕심이 생기는 것이다. 그런 중에 춘천에서 온 젊은 두 내외와 젖먹이가 금학산 자락 밑에 초가집을 사서 고물 장사를 했었다. 그 집에 가면 마당에 박격포 더미, 수류탄을 모아 놓은 무데기, 그것을 분해해서 운천에 내다 팔기 위해 쌓아 놓은 것들이 항상 쌓여져 있었다. 작년 이맘때쯤, 사람들이 저녁을 먹고 있는데 고막을 찢는 소리가 들렸다. 소리가 얼마나 컸던지 귓속에 헌디 딱지가 떨어질 정도였다. 마을 사람들이 밖으로 나와 보니 금학산 춘천댁 집에서 시커먼 연기가 솟아오르고 군인들이 달려가는 것이 보였다. 구경삼아 간 사람들이 몸서리를 치면서 돌아와서 전하는 말은 참혹했다. 우선 마당에 쌓아 놓은 폭탄들이 한꺼번에 터져서 마당은 사람 두 길이나 파였고 초가집은 형체도 없이 날아가 버렸다는 것이다. 군인들이 아카시나무에 붙은 살점을 보고 뜯어 낼 수가 없어서 몽땅 베어서 구덩이에 밀어 넣고 묻어 버렸다는 것이다. 지금도 비가 오는 날에는 아기 우는 소리가 들린다고 해서 가급적이면 그 집근처에 갈 일이 생기면 멀리 돌아다니고 있다.

이 비참한 사고 이후 부모들은 자식들에게 주의를 주었다. 그러나 배고픔을 이길 수 있는 것은 없었다. 아침을 수제비 한 그릇으로 때우고 학교에 가서 점심으로 주는 한 뼘 남짓한 옥수수 빵 한 개가 전부였다. 배가 고픈 아이들은 아카시아 꽃을 따서 먹고 아카시아 새순을 잘라서 껍질을 벗겨 먹었다. 옥수수가 익으면 그 대궁을 잘라 씹으면 단물이 나왔다. 그것을 먹다가 아이들이 새로 발견한 용돈 벌이가 금학산 비탈에 만들어 놓은 군인 사격장이었다. 사격을 시작하면 풀숲에서 기다렸다 군인들이 귀대를 하면 소쿠리와 호미를 들고 총알이 떨어진 곳으로 달려간다. 총알이 박힌 자리는 흙이 패어 있다. 그 자리를 파면 총알이 나온다. 에망(M1) 총알은 놋쇠 안에 납이 있고 칼빈 총알은 유선형 텅스텐이 들어 있다. 아직 뜨끈뜨끈한 이것을 캐서 캘빈 총알은 돌로 두드려 텅스텐과 놋쇠를 분리해서 팔면 되고 에망 총알은 깡통에 넣고 불을 때면 납이 녹아서 물처럼 나온다. 그걸 땅에 쏟으면 납과 놋쇠가 분리돼 고물상에 가지고 가서 돈과 바꾼다. 그런데 군인들 사격이 매일 있는 것이 아니라 배가 고픈 아이들은 지뢰밭 옆에 까무잡잡하게 열매가 맺힌 오디나무에 눈독을 들이기 시작을 했다. 함경도 박 씨 아들이 지뢰밭 가장자리에 있는 뽕나무를 잡아 당겨서 오디를 따다가 가지 힘을 이기지 못하고 지뢰밭 안으로 딸려 들어갔다. 비명을 지를 사이도 없이 지뢰밭에 떨어진 아이는 엄마 하고 뛰어 나오다 변을 당했다. 다리가 끊어지고 얼굴이 흙빛으로 변하고 살려 달라고 죽을 때까지 외쳤지만 겁이 난 아이들은 모두다 도망을 간 뒤였다.

수복지구에서 고물들은 현금이다. 밭고랑에 뒹구는 탄피를 주워서 가면 생필품을 살 수 있는 노다지 같은 것이었다. 고물은 매파 노릇도 한다, 난리통에 장가 못간 노총각, 홀아비들은 품도 팔고, 고물도 팔아서 현금을 모으는 목적이 있다. 그것은 가정을 꾸리는 일이다. 한국전쟁이 끝나고 남쪽에서는 먹을 것이 없었다. 입이라도 줄이겠다고 처녀들을 팔았다. 그런 사실을 아는 약삭빠른 사람들이 못 쓰게 된 군용차를 사서 검은색으로 뺑끼칠을 해서 아랫지방을 돌아다니며 여자를 도매 물건 떼어 오듯이 해서 왔다. 여자들을 태운 트럭이 오면 노총각들 몽달귀신 면하겠다고 나섰고 홀아비들은 가정의 단맛을 다시 꾸리겠다고 몰려들었다. 여자들도 가격이 있어서 돈에 맞춰서 골라서 집으로 데리고 왔다. 그리고 물 한바가지 떠 놓지 못하고 초야를 치르고 살았다. 수복지구의 살벌한 풍경에 덜컥 겁이 난 여자들은 보따리를 싸보지만 막상 갈 곳이 없었다. 설사 집으로 돌아간다고 해도 반겨줄 사람도 없어서 그냥 팔자려니 하고 살고 있다. 처음에 정이 없었지만 살다 보니 그냥저냥 아이가 생기고 가정이 만들어졌다.

5.

엿 장사 한 씨가 리어카에 고물을 잔뜩 싣고 먼지 풀풀 나는 사문안천 길을 따라 돌아가고 아카시아 그늘에 노인 서넛과 아이들 몇 명이 앉아서 쉬고 있다. 땟국물이 흐르는 바지를 이렁저렁 접었고 군부대 뒷구멍으로 나온 국방색 난닝구를 입고 있다. 앙상한 종아리로 달라붙는 파리를 쫓기에 바쁘다. 노인들은 모이면 하는 것이 고향 자랑이다. 하도 많이 들어서 외울 정도인데도 자꾸 이야기를 한다. 자랑을 하는 것이 아니라 소중한 기억을 잊지 않으려고 꺼내서 확인하는 것이다.

"내 고향은 평양이여, 대동강 있지 않은가. 봉이 김선달이 서울깍쟁이들에게 물을 팔아먹었다던…."

엿가락처럼 끊어진 대동강 철교를 원숭이처럼 이리저리 잡고 넘어 왔다는 평양 이 씨가 자랑질이다.

"자네 영변 약산 이야기 들어 봤는가. 진달래가 피면 온 산이 불이 난 것 같네. 거기에 앉아서 막걸리를 마시면 무릉도원이 따로 없네…."

함경도 최 씨도 침을 튀겨 가면서 자랑 중이다.

"고향은 언제나 좋은 곳이지, 그러나 지금은 빨갱이들이 길을 막고 있어서 못 가지만… 조만간 갈 수 있겠지."

이런 고향자랑을 은근히 자존심을 걸고 주고받고 있는데 면서기 박 주사가 서류 봉투를 들고 지나간다. 평양 이 씨가 궁금한 듯이 묻는다.

"박 주사 어딜 급히 가는가?"

"예 호적 정리가 아직 안 끝나서요."

"아니, 지난번에 도장을 다 찍어 가 놓고서는…."

"사문안천에 부근에 있는 김 씨 할아버지가 도장을 안 찍어서요."

"아니 왜? 안 찍어 준대? 이북에서 나온 사람들은 자식들 자라는데 방해가 될 것 같았는데… 다행히 철원으로 본적을 고쳐준다는데… 왜 반대를 하지."

"혹시, 그 양반 빨갱이 아닌감?"

"아니어, 그 양반 말투가 이남 사람이여."

"이남에는 빨갱이가 없었남? 제주도, 순천, 대구, 국회까지 남로당인가 뭔가들이 설쳐대지 않았는가?"

이런 이야기를 주고받는 한켠에는 아이들이 몇 몇이 병든 닭처럼 앉아있다. 어른들의 이야기를 들으면서 아이들은 학교에서 배운 얼굴이 빨갛고 지독하게 못생긴 빨갱이 모습을 떠올린다. 그리고 어른들이 말하는 김 씨 할아버지는 얼굴이 하얀 편이라서 아닌 것 같다는 생각을 한다. 그때 신작로 끝에서 흙먼지가 일어나고 탱크, 트럭이 오는 소리가 쿵쿵 들린다. 아이들은 고개를 쭉 빼고 바라보다가 한 아이가

"야! 미군이다."

소리를 치면서 달려 나가자 다른 아이들도 누우 떼처럼 우르

르 따라 간다. 한 떼의 아이들이 몰려오자 탱크와 트럭은 속도를 줄이고 흑인병사, 백인 병사들이 저희들 끼리 희죽거리며 앉아 있다. 아이들을 보고 휘파람을 불어 댄다. 아이들이 약속이나 한 듯이 합창을 한다.

"헬로우 짭짭, 헬로우 짭짭"

미군들이 쨈 깡통, 초콜릿, 사탕 등을 아이들 머리 위로 휙휙 뿌린다. 아이들은 닭들이 먹이를 다투듯 서로 줍겠다고 덤벼든다. 미군들은 재미있다는 듯이 더 많이 뿌린다. 수복지구 아이들에게는 이런 날이 행복한 시간이고 손꼽아 기다리는 순간이다. 매일 매일 와서 머리가 깨지도록 던져 주었으면 하는 바람이다.

박 주사가 찾아 갔을 때 노인은 집에 있다. 운천에서 사가지고 온 낫으로 나뭇가지를 잘라 오이순을 받치는 나무를 세우고 있다. 어떻게 해서든 호적 정리 문제를 해결해야겠다고 생각을 하면서 말을 건넸다.

"집에 계셨네요."

"오, 자네 왔나. 어쩐 일인가?"

일을 하다가 인사 소리에 급히 돌아보는 김 씨 노인의 대답에 지난번 불호령이 떠올라 박 주사는 자신도 모르게 말이 더듬어졌다.

"저… 저…."

"지난번 호적 정리 문제로 찾아 왔는가?"

박 주사는 김 씨 노인이 자신이 할 말을 대신 하는 것에 징조가 좋다는 생각이 들었다. 그리고 '선뜻 도장을 찍어 주겠다.'는 말을 기다리면서 눈치를 살폈다. 재빠르게 아직 일을 다 못 끝냈다고 불호령을 내리던 읍장 얼굴이 떠올랐다.

"절대로 안 되네, 내 눈에 흙이 들어가기 전까지는… 자네들이 하는 짓은 실향민들 고향을 빼앗는 일이야. 내 당대에 통일이 되지 않고 내가 죽으면 내 자식들이 꿈에도 그리던 부모를 어떻게 찾을 수 있겠나? 미안하지만, 그만 돌아가시게."

이 말을 들은 박 주사는 땡볕에 고개를 꺾은 들깨 모양으로 빈손으로 돌아갔다.

6.

김 씨 부인은 개성 집을 따라서 이십 리 길을 걸어 삽슬봉에서 나물을 뜯는 중이다. 길 입구에 '지뢰 미확인 지대' 팻말이 꺼림칙했지만 개성집이 해마다 뜯었다는 너스레에 용기를 가진다. 팻말 때문에 사람들이 오지 않아서 나물이 아주 많다는 자랑도 한다. 나무와 풀들이 제멋대로 자란 곳을 자세히 보면 희미하나마 길의 흔적이 있다. 김 씨 부인과 개성 댁은 그 흔적을 따라 나물을 뜯었다. 늦게 온 탓인지 고사리와 고비는 쇤 것이 아까웠다. 그러나 정말로 곰취와 참나물은 곳곳에 널리다시피 했다. 금방 멜빵으로 진 자루가 반이나 찼다. 경험이 많은 개성 집은 자루 절반 이상을 채우고 있다. 김 씨 노인 부인은 곰취를 더 많이 뜯고 싶다. 남편이 곰취국, 나물 무침을 아주 좋아하기 때문이다. 곰취만 골라서 뜯는데 길 저편에 보기만 해도 기분이 좋은 곰취들이 밭을 이루고 있다. 곰취의 까칠까칠한 줄기를 잡고 뜯을 때 풍기는 냄새에 취해 발을 옮기는데 신발 밑으로 딱딱한 철사 같은 것을 밟는 느낌이 전해졌다. 소름이 돋는 순간도 잠시 발밑에서 뜨거운 기운이 올라와 김 씨 노인 부인을 휘감았다. 그리고 들리는 폭음 소리 끝에 김 씨 노인 부인 몸이 누군가 던진 듯 공중으로 튕겨 오르고 곰취 밭 사이로 풀썩 떨어진다. 놀란 개성집이 부르는 소리가 들리지 않는다.

김 씨 노인은 오이에 물을 주기 위해 양동이를 들고 사문안천으로 가려는데 집 앞으로 군대 짚차가 오는 것을 봤다. 그냥 짚차가 아니라 붉은 바탕에 흰색으로 적십자 표시가 된 차가 집 앞에 멈추는 것을 보고 불길한 생각이 든다. 짚차 문이 열리고 흰 천으로 감싼 것이 내려진다. 김 씨 노인이 달려가 보니 부인이다. 흰 천 사이로 선홍빛 핏물이 보이는… 병사 두 명이

조심조심 방안으로 옮겨 놓고 밥풀 세 개 달은 중대장이 내려서 사무적인 말투로 상황을 알린다.

"할머니께서 민간인 출입금지 지역에 무단으로 들어가서, 폭풍지뢰를 밟아 현장에서 사망을 한 사고입니다."

이미 상황을 파악하고 와들와들 떠는 김 씨 노인은 정신이 나간 표정이다. 할 말 다한 중대장은 짚차에 탄다. 병사들이 쌀 두 말을 부엌 문 앞에 내려놓고 재빨리 차에 오른다. 쌀 두 말이 사망 위로금인 셈이다. 짚차는 매운 먼지만 남기고 이내 사라진다. 사고 소식을 전해들은 사람들이 김 씨 노인 집으로 모여 든다. 사람들이 마당에서 웅성거려도 김 씨 노인은 방안에서 나오지 않는다. 강제로 불러 낼 수도 없다. 마을 이장은 내일 금학산 그림자가 드는 곳에 상여 집 문을 열고 꽃상여를 꾸밀 것이라 이야기를 하고 그만 집으로 가자고 한다. 사람들이 집으로 향하는 어두운 밤길을 조명탄이 밝힌다.

다음 날 금학산이 머리에 물동이를 이고 있는 듯 검은 구름이 모이고… 김 씨 노인 방문은 굳게 닫혀있다. 초상 준비를 하러 온 사람들은 마당에 서서 사태 추이를 살핀다. 마침 이장과 박 주사가 와서 방문을 흔든다. 그래도 반응이 없자 이장이 신문지를 바른 문을 찢고 안으로 잠긴 문고리를 푼다. 문을 열자 방안에는 김 씨 노인이 단정하게 누워있다. 마침 오랜 잠에 든 사람

같다. 그 옆에 누워있는 부인도 한복으로 갈아 입혀져 있다. 통일되고 원산 갈 때 입을 옷으로 장만했던 흰 한복을 입고 있다. 노인이 갈아입힌 것이었다. 김 씨 노인은 부인의 손을 꼭 잡고 하늘나라로 간 것이다. 그리고 귀 떨어진 개다리소반 위에 봉투가 놓여 있다. 급히 열어 보자 편지와 겉장이 너덜너덜한 통장이 한 개 툭~ 떨어진다. 박 주사는 편지를 급히 읽었다.

'박 주사님께, 그 동안 호적 정리에 협조를 하지 않았던 것을 미안하게 생각하오. 죽기 전에 마지막으로 늙은이 부탁이 있으니 꼭 들어 주기를 바라오. 우리 부부 묘를 고향 원산 하늘이 잘 보이는 금학산 중턱에 마련해줬으면 좋겠소. 죽어서라도 고향 하늘을 마음껏 바라 볼 수 있도록… 그리고 묘비를 세워 주셨으면 고맙겠소. 묘비에는 내 고향인 원산 장립리… 주소를 새겨 주기를 바라오. 통일이 되었을 때 자식들이 묘비에 새긴 주소를 보고 찾아 왔으면 하는 이 늙은이 마지막 소원이오, 초상에 치르는데 필요한 비용은 통장에 넣어 두었소.'

박 주사는 울음을 참지 못하고 밖으로 나왔다. 그리고 김 씨 노인 고향인 원산이 어드메쯤 되나 눈으로 가늠을 해 본다. 평강고원 사이를 더듬고 있는 박 주사 목덜미를 천둥이 힘차게 후려친다.